LA ESCUCHADORA Y OTROS CUENTOS

ARIEL AZOR

"Hay mujeres que son un susurro,

Para escucharlas hay que acercarse"

Edición, maquetación y portada: Ariel Azor

1ª Edición. "La escuchadora y otros cuentos"

Narrativa. 2024

arielomarazor@hotmail.com

ISBN: 9798876821119

PRÓLOGO:

Leer a Ariel Azor es llegar a la realidad de nuestra América, con la ancestralidad de sus diferentes acciones, dioses y lineamientos que rigen y actúan en la sociedad.

Es su propio estilo y la forma magistral de contar que hacen ir al lector más allá de la lectura.

No podemos compararlo con nadie sino darle el lugar que se merece dentro de las letras escritas en lengua hispana.

El enfrentamiento planteado en la escuchadora por parte del autor es muy sutil, pero también muy profundo, entrando en las conductas sociales y usa de pretexto la mágica comprensión humana, la desarrolla entre dos posiciones una contrapuesta a la otra y ambas coexisten, haciendo que una derrote a la otra y la derrota se toma como un derecho nuevo a resistir, así es como resisten las creencias en el tiempo.

La elección de los personajes y de los ambientes, la acción y comparecencia de esa mixtura en religiosidad hacen un paisaje social normal, hasta que el lector ya está atrapado en la trama esperando la comedia y el resultado final, aunque no sea final porque lo va dejando medio al olvido y todo se puede llegar a ser una saga, pero el autor lo corta, donde resuelve este cuento de mágica secuencia con la frialdad de dios, el creador absoluto del cuento y eso le da ese valor intrínseco de genial.

Podemos ver en cualquier sitio el mal o el daño y queremos solucionarlo y otros generarlo, esos son los elementos que hacen que se encarame la historia con un lenguaje lleno de riquezas lingüísticas de nuestros andares americanos.

Estamos ante un cuento largo o novela corta que va dando muchas pautas sociales, que pese a los adelantos tecnológicos se sigue "curando" y nos ponemos amuletos para la suerte, para el amor y cuantas necesidades sociales, sentimentales y muy humanas tenemos todos.

>Enrique González Arias
>
>Uruguay

LA ESCUCHADORA

En Santa María del Tule, en Oaxaca, estado de México, hay un árbol milenario, llamado árbol del tule, nadie sabía exactamente cuánto tiempo tenía, pero era muy antiguo, no faltaba incluso quién decía era el primer árbol creado por Dios la semana que creó el mundo y otros, contrarios a este dicho, los más ancianos, contaban que había sido plantado por Pecocha, un sacerdote Zapoteca, de quien también se decía era el Dios del viento; su tronco era enorme de ancho, estaba protegido, sobre todo de los perros y los niños, nadie ni nada, excepto los pájaros podían tocarlo, incluso habían puesto una pequeña reja para que nadie pudiera tocarlo. La tierra dentro del muro y donde el tronco se alimentaba y las raíces se afirmaban a la ciudad era abonada casi a diario por empleados municipales, y uno de ellos tenía la llave que abría una puerta disimulada en la reja y solo él podía entrar y retocar la tierra y observar no se enfermara el árbol, así como sacar algún pucho de cigarro o mugre que alguien tiraba allí sin importarle ni entender lo que significaba para el pueblo aquél ser vivo y milenario.

Dicen que da sombra para hasta quinientas personas y aprovechándose de ella se sentaba durante el día doña Carmen, quien era nieta de una india Mixteca, vendía chupitos de mezcal y pequeñas artesanías de jaguares hechos con piedritas de colores, se los ofrecía a todos los que pasaban por ahí, desde las diez hasta las cuatro de la tarde, antes iba más temprano y se iba más tarde pero ahora ya no, le daba miedo, y no solo a ella, sino a todos, y antes y después de esa hora ya nadie andaba cerca del árbol, lo evitaban, aunque tuvieran que dar toda la vuelta y caminar mucho más. Nadie, excepto Oxambè, que todas las noches se sentaba bajo el árbol sagrado a escuchar y aconsejar a quien lo necesitara.

Oxambè, no era una persona de verdad, no era un humano de carne y hueso como cualquiera de nosotros, era como un humo, como algo inmaterial, contaban que al querer tocarla los dedos y la mano de uno se metía en su cuerpo, o lo que fuera, como traspasándolo, como si no fuera físico. Oxambè había sido bendecida, por el mismo Dios Zapoteca que plantó el árbol con el don de la clarividencia y sanación, había sido durante muchos años la chamana, la bruja del pueblo, respetada por muchos y temida por muchos más. Murió en un atentado que sufrió cuando le incendiaron el lugar donde hacía sus rituales y recibía a la gente, alguien trancó la puerta del lado de afuera y luego provocaron el incendio, dicen, que en sus últimos gritos de agonía se la escuchó nombrar al cura del templo Santo Domingo y jurar que se vengaría. Lo cierto es que la policía local y el juez nunca investigaron nada y el cura cuando vio con sus propios ojos que era realmente Oxambè la que estaba sentada allí bajo el árbol a pesar de estar muerta, se fue sin despedirse de nadie y ahora hay un cura joven sustituyéndolo que no le da importancia a nada de todo eso que le cuentan, ya que él sabe muy bien, porque así lo dicen las escrituras, que los muertos no andan por ahí como si estuvieran vivos.

La primera que se animó a ir a hablar con Oxambè fue Juanita la manca, Juanita por la condición de su mano y la de no haber sido bendecida con el don de la belleza no podía tener para sí a aquel hombre que amaba y que incluso se había casado con otra. No entendía ni aceptaba que no es conveniente estar con alguien que ama a otra persona. Lo de Juanita no era fácil ni sencillo, llevaría el mejor esfuerzo por parte de Oxambè, por eso le pidió a cambio algo muy especial, que armara una capilla en el jardín de su casa con los santos que ella le diría y sobre todo un cuadro con su foto al cual le prendería una vela todas las noches y que cambiara las flores del jardín y solo plantara la flor "de vida y muerte", la flor que guía a los difuntos desde sus panteones a las alturas. La capillita debía estar construida de tal manera que todos los que pasen caminando la vean y que también sepan que estaba dedicada a ella. Juanita no demoró más de tres días en armar todo, contrató a José Pedro el albañil, fue a comprar un San Jorge y un par de santos más, le sacó una foto a la muerta que mandó a ampliar y la puso en un marco de cuadro y encendió la primer vela la primera noche e inmediatamente fue corriendo hasta el árbol y le dijo a Oxambè que su pedido estaba hecho. Oxambè, por primera vez desde que no estaba viva caminó más allá del árbol para ver con sus propios ojos la capilla y el jardín con las nuevas flores y quedó satisfecha, una risa se escuchó romper la noche y una larga sonrisa se le dibujó hasta el amanecer y más tarde alguien más fue a visitarla, a hablarle, José Pedro, el albañil que había armado la capilla en casa de Juana. José Pedro le planteó que ya que él había hecho un trabajo tan bonito para ella si podía ayudarlo con un problema que tenía, que era que ya no amaba a su mujer y se había enamorado de Juanita y así fue como esta tuvo para sí al hombre que siempre había amado y los dos dejaron de ir a la misa en la iglesia de

Santo Domingo y se hicieron devotos de la Santa.

Oxambè, de adolescente tenía una mascota, un pollo, y con la sangre de ese pollo fue nombrada sacerdotisa de la religión a la cual la llevaba su madre, fue atada a una silla y luego que alguien a su espalda degolló al pobre Roberto, el pollo, derramaron su sangre sobre su cabeza que corrió por su cuerpo desnudo, mientras el pobre animal aleteaba desesperado buscando aire para poder sobrevivir. Dos días estuvo atada a la silla, era la primera vez que estaba desnuda frente a otras personas, frente a alguien que comprobó que realmente era virgen penetrándola con sus dedos. Tenía la cabeza tapada con un pañuelo de seda, pero ella reconoció el olor de esa persona y supo enseguida que era su amiga en el templo con la que siempre conversaba y también con la que, aunque no entendía porque, tenía fantasías sexuales, así que no sé resistió, sino que se dejó y como la enmascarada vio que le gustaba siguió y siguió, haciendo realidad esas fantasías. Oxambè, perdió su virginidad esa noche y aunque se sentía triste por Roberto también sentía una cosa por dentro que nunca había sentido y cuando estaba a punto de desmayarse le dieron sopa de pollo a tomar y justo antes de que la desataran y de recibir su nuevo nombre, que era el nombre de un espíritu de una sacerdotisa mayor muerta hacía unos cuantos años atrás, alguien más, también enmascarado la tomó, y también supo quién era, la autoridad máxima dentro del templo, poseído por algún espíritu que hablaba en otro idioma, y también le gustó, aquel hombre le hizo el amor de una forma violenta y la hizo gozar tanto que llegó a creer que se iba a desmayar. Cuando salió de allí, cuando todo terminó, la vistieron de blanco y celebraron la fiesta de consagración, ya que los espíritus la habían aceptado y Oxambè la había elegido para obrar a través de ella.

La segunda venida de Oxambè, desde el más allá, fue apenas comenzaba el día martes, día que comenzaba la luna llena a manifestarse en el oscuro cielo de Oaxaca. Fue por pedido de Maribel, porque para que la Santa se manifestara se tenían que dar varias condiciones, que uno tuviera un pedido, algo que deseara desde hace algún tiempo y sobre todo que uno lo deseara mucho, que uno estuviera dispuesto a hacer lo que la Santa le pidiera y se pusiera a hacerlo inmediatamente y que uno creyera en ella por encima de cualquier otra creencia, es más, que en ella y solo en ella se creyera y se dejara de ir a misa o a la iglesia, si se iba, inmediatamente. Maribel, asustada y sin poder dar crédito a lo que veía, a aquel ser sentado a su lado que no era un cuerpo y que no se sabía en realidad lo que era, con la voz entrecortada contó su problema, su pedido: «Mi marido falleció hace poco, quizás usted lo haya visto en su mundo, y no tengo suficiente dinero para poder solventar los gastos de mi casa y el alimento de mis dos hijas, la menor nació con algunas dificultades y me es imposible seguir manteniendo su tratamiento, solo vengo a pedirle a usted Santa mía que tenga yo otro trabajo, que me paguen mejor que el de camarera que tengo ahora, solo eso pido, por una mejora económica».

Oxambè, pensó, luego dio a entender que ella ya sabía lo que venía a pedirle, le preguntó por la edad de sus hijas, a lo que Maribel contestó que diecinueve y catorce. Maribel era una viuda joven, con mucho para dar todavía, ella y su hija mayor se decía que eran las más bonitas del pueblo, se decía también, por parte de los hombres, de los amigos o compañeros de trabajo de su fallecido marido que era éste el más afortunado de todos, por la mujer que tenía e incluso por su hija. Fue así como Maribel iba entendiendo el mensaje, la salida a la pobreza, al hambre y el caminar hacia una vida mejor, de última, agregó Oxambè, «Ya ves en que termina el cuerpo físico de uno, sin importar lo bonito o no que es, ya ves que es lo único que queda, que nada tiene que ver con el envase físico. Claro que estuve con tu ex marido, incluso estuve con él hace un rato antes de venir a verte, y él está de acuerdo, manda a decir que den ese paso tú y tú hija mayor y que le puedan dar a la menor todo lo que necesita para seguir adelante en la vida». Después Oxambè dejó en claro que hasta que no se hiciera y terminara la capilla en el jardín de su casa y se cambiaran las flores, se pusiera su foto, sus Santos y su vela encendida todas las noches, ningún hombre la desearía. José Pedro, que ya tenía experiencia le hizo la capilla y cambió las plantas, aunque Juanita estuvo muy celosa esos dos días en el que su nuevo marido se pasaba allí trabajando, pero él no sintió ningún deseo por ellas, ni siquiera de mirarlas, José Pedro trabajó para cobrar después, y aunque desconfiaba mucho de que aquellas mujeres les fuera bien en su nuevo negocio, sí creía en lo que había mandado a decir la Santa a través de Juanita, así que no dudó en ponerse a trabajar y dar forma a la segunda capilla en honor a la Santa. Cuando Oxambé fue a dar su visto bueno, quitó la maldición a la madre e hija y José Pedro pudo cobrar al día siguiente, ya que aquellas dos mujeres pasaron a ser las más trabajadoras del pueblo.

José Pedro, trabajaba de albañil en la empresa de construcción de su suegro y cuando se separó de su ex mujer también se tuvo que separar de él, así que se quedó sin trabajo, en un principio trabajó para Maribel, de portero, cuidando la fila de desesperados hombres, vendiéndoles preservativos, pero Juanita no aguantó eso y le pidió que fuera a hablar con la Santa y le pidiera un buen y respetable trabajo y así hizo. Oxambé le pidió a cambio que para cuando se celebrara el próximo casamiento hiciera una calenda (cabezudo) con su imagen, que cuando llegara el día lo pusiera en la calle, frente a la iglesia y ella misma se encargaría de manejarlo, que lo fuera armando y que hasta ese día siguiera trabajando en casa de Maribel y después, tendría el mismo trabajo de antes. José Pedro en las horas del día que no dormía se dedicaba a armar la calenda que debía parecerse a Oxambé. En Oaxaca siempre que hay una boda, se celebra en la iglesia de Santo Domingo, pero afuera, en la calle, se celebra la fiesta donde participa el pueblo, con música, desfiles de Calendas, comidas y bebidas típicas, todo eso antes de la gran fiesta en casa de los suegros, una boda en Oaxaca es sin duda un acontecimiento muy grande, de mucho festejo. Y Oxambé quería participar de la próxima y a su manera dejar un mensaje que el pueblo no olvidara.

Mientras José Pedro armaba toda la estructura de la Calenda y le daba forma a la cara lo más parecida posible a Oxambé, Juanita fue a apurar al cura para que le diera fecha para el casamiento, el cura buscó un hueco entre los arrepentidos de último momento y los anotó para dentro de ocho días, un viernes a las dieciocho horas, la mejor hora y el mejor día para hacer la fiesta. Juanita terminó de hablar con el cura, pagó de sus ahorros y quedó anotada, luego arregló lo de la fiesta afuera que también pagó de sus ahorros y luego corrió a darle la noticia a José Pedro, quien no podía creer que todo fuera tan bien, incluso le contó a Juanita que se había cruzado con su ex suegro en la ferretería y que este lo había saludado preguntándole como estaba y luego Juanita se puso con él a trabajar, sobre todo a darle forma y pintar los ojos, los labios, la boca y nariz y la vestimenta de la Calenda de Oxambé. Mientras todas estas cosas pasaban en la parroquia y en la municipalidad se discutía como parar esto de la muerta que se aparece y convence a la gente de hacerle capillas y otras cosas, como parar al diablo, incluso se escuchaba decir al joven cura que seguía sin creer en nada de lo que le contaban. Algunos llegaron a proponer que se cortara el árbol, otros que un vigilante nocturno no dejara acercarse a nadie a él, pero todo esto sería muy mal visto por el resto de la población, así que todo quedó en hacer una procesión de Jesús y la virgen de Guadalupe hasta el mismo lugar donde decían se aparecía Oxambé y dejar "la marca" de Dios allí. Y así hicieron, el domingo siguiente al mediodía unas cien personas caminaron por las calles tras la cruz que llevaba el cura hasta dejarla bajo el árbol, rezaron, lo rociaron con agua bendita y luego volvieron a la iglesia. Oxambé, riendo a carcajadas, con una risa diabólica desde el más allá los miraba y pensaba en todo lo que haría para que todos le rindieran culto a ella y no al nuevo cura y luego pensó en cómo hacerlo pecar, como llevarlo hacia ella, con quien podía hablar para saber sus secretos más íntimos y su historia, se dio cuenta en ese instante que hasta que se llevara a cabo el casamiento de José Pedro y Juanita no podía quedarse de brazos cruzados, sino atacar al párroco o prepararle algo a él también para ese día. Ella también rezaba y pedía, pero claro a otro Dios diferente y le pidió para que la iluminara, para que la ayudara.

A la noche fue visitada por Gajate, el periodista. Gajate era extranjero, de Islas

Canarias, descendiente de los indios Guanches, todas las mañanas al levantarse se tomaba un vaso de vino tinto con gofio y miel, eso lo había aprendido de sus antepasados, era un energético natural que según él todos los antiguos canarios tomaban, también era un hábil nadador, pero claro, es normal que alguien que nace en una isla esté más tiempo nadando que caminando, todas las mañanas luego de tomarse su energético se ponía el traje de neopreno y nadaba durante una hora y media casi sin parar, se había enamorado de Ángela, una mujer de República Dominicana y habían elegido Oaxaca como lugar para poder vivir juntos. Gajate había sido un importante periodista de Canarias e incluso trabajó durante mucho tiempo para un periódico de Madrid y ahora, en Oaxaca aún no había conseguido trabajo en eso, daba clases de natación a niños, así que fue a ver a la Santa para que le diera trabajo como periodista y así tener una mejor vida junto a su amada. Oxambè no desaprovechó la oportunidad de que este la visitara y le pidió que hiciera la capilla, plantara las flores , la foto suya y la vela encendida todas las noches en su jardín como a todos los demás, pero también le pidió que cuando comenzara a trabajar en el periódico local y algún otro internacional de México y en la radio y algún canal de televisión hablara muy bien a su favor y todo lo contrario del nuevo cura del pueblo y Gajate aceptó y esa misma semana comenzó a trabajar en lo que su oficio pedía; gracias a la Santa sé lo escuchaba en la radio y canal de televisión local, se lo leía a diario en los periódicos más importantes de México y Ángela todas las noches encendía la vela en la capilla que había construido en homenaje a Oxambé. El día del casamiento entre José Pedro y Juanita llegó. Ambos habían hecho la Calenda, ocultándola de todas las curiosas miradas, nadie sabía sobre ella, excepto Gajate y Ángela, Maribel y sus hijas que habían ayudado a construirla y eran los encargados de llevarla hasta frente a la iglesia y dejarla allí hasta que el trámite del casamiento terminara y los recién casados salieran ya como un nuevo matrimonio consumado. Gajate era el que debía filmar todo y luego darlo a conocer a todo el mundo, la Calenda, tapada con una sábana blanca fue dejada frente a la iglesia, sin que nadie supiera qué o quién era. Todo el mundo estaba adentro de la iglesia o expectantes de escuchar los sí acepto, y luego de esperarlos en la entrada para tirarles arroz de colores. José Pedro y Juanita estaban felices, los músicos comenzaron a hacerse oír, sobre todo eran niños que golpeaban tambores, soplaban las trompetas y otros instrumentos, una Calenda que tenía la cabeza de un sapo bailaba, giraba y algunas parejas con trajes típicos también trataban de imitarla, Gajate no se perdía nada en su filmación y cuando enfocó la cámara hacia la Calenda que estaba en la calle, tapada con una sábana que Maribel sostenía en una de sus puntas con su mano y cuando vio que todos los ojos se enfocaban hacia ella esta dejó al descubierto la enorme figura de Oxambè, todas las voces, la música y todo se callaron. La Calenda en un principio estaba estática, la hija de Maribel la levantó y mostró que no había nadie dentro de la estructura, la dejó donde estaba, todos seguían mirando, asustados y se asustaron mucho más cuando esta comenzó a sacudirse violentamente y algunos huyeron despavoridos, las madres se llevaron a los niños y desaparecieron y la mayoría se quedó boquiabierta mirando, o criticando y persignándose. Aquello fue un acontecimiento que llegó a oídos de todo el pueblo, de todo México y gracias a Gajate de casi todo el mundo, muchos descubrieron que lo de la Santa era muy raro e inexplicable, pero también poderoso. El cura tirándole agua bendita y con la biblia en la mano quiso espantar al diablo o demonio que poseía a aquello que parecía vivo y no era más que algo armado con varillas papel y tela y el demonio aumentó sus movimientos, se hizo más brusco y agresivo ante el reclamo del párroco hasta que cayó encima de él haciéndolo tropezar, lo que le llevó a fracturarse un brazo. El cura, atacado por el demonio recuperó cierta fama ante sus fieles por su valentía y fe, pero también lo hicieron ver cómo débil, aquello era demasiado y hasta el Vaticano se pronunció y envió a alguien especializado en exorcismo y el alcalde finalmente cerró todo alrededor del árbol, dos uniformados del ejército hacían la guardia para que nadie se acercara. Gajate agarró fama mundial con aquella noticia, José Pedro fue visitado por su ex suegro quien le rogó volviera a su trabajo porque lo necesitaba, ya nada salía de bien a cuando estaba él, pero José Pedro se hizo rogar y pidió para sí el cargo de encargado general, mejores condiciones, sobre todo económicas, Maribel y su hija no solo se prostituían, sino que también hicieron de su casa un templo para la Santa y todos decían que ella ahora sanaba y se aparecía en ese lugar. Maribel vivía en el barrio Jálatlaco, que es el barrio mágico, donde las fachadas y medianeras son pintadas con murales referentes al día de los muertos, donde los artistas se expresan, donde luces de colores iluminan la noche, donde las calles son empedradas y a veces cubiertas con tapetes hechos con piedras o arena, pigmentos o diamantinas.

Así que Oxambé en una de las apariciones en la casa de Maribel, le pidió pintara en la fachada de su casa un mural con su imagen.

Tuvo lo que tanto deseaba, un mural a su nombre, con su figura que todo el mundo en el barrio o algún curioso que por allí pasara pudieran ver, preguntar y saber de ella.

Pero Oxambè ya no se presentaba como tal, sino que se incorporaba en el cuerpo de Maribel, esta dejaba de ser quién era y luego de un extraño trance, que incluía gritos en idiomas desconocidos, revolcadas por el piso y de ingerir mucho alcohol pasaba a ser la Santa.

Al principio a nadie le importó mucho está nueva manera de tratar con Oxambè, pero de a poco iban desconfiando, el cura exorcista enviado desde la capital por orden del mismo Vaticano, luego de hacer su ritual bajo el árbol de la plaza, que le llevó más tiempo del que preveía y de decir que nunca había luchado tanto contra el demonio, volvió agitado, cansado y diciendo que ya estaba hecho y el espíritu de aquel ser pecaminoso y maligno habían vuelto al lugar donde pertenecía, algunos le creyeron y otros no y cuando vieron lo de Maribel decidieron creerle a ella, sobre todo porque necesitaban tener esa esperanza milagrosa. Maribel no solo hacía milagros buenos, sino también que comenzó a hacer de los malos contra otras personas, algunas mujeres iban y pedían venganza contra otra porque le había quitado el marido, o contra él, también sobre alguno que le debía dinero a otro, o cosas así, lo que fue mal visto. Algún borracho contaba su encuentro en la noche con el espíritu de Oxambè, haber hablado con ella, todo esto lo contaban como si fuera un cuento y luego pedían una moneda para ir a tomar algo más. El cura joven, con su brazo enyesado daba las misas siempre recordándole a sus fieles que el exorcista enviado de Dios había hecho bien su trabajo mandando al demonio al infierno, a donde pertenecía y que Maribel la prostituta y la que llevó a su hija por el mismo camino era una impostora.

Algunas cosas que prometía la Santa sé cumplían, otras no y cuando Gajate se quedó sin trabajo nuevamente, se decía que el alcalde le había cerrado varias puertas y había sido invitado a que buscara otro lugar donde vivir y cuando lo vieron partir con Ángela, rumbo a su lugar de origen en Islas Canarias y cuando José Pedro y Juanita se divorciaron luego de que esta última se enterara que su marido iba todos los viernes al terminar de trabajar, con sus nuevos compañeros de trabajo, a visitar a Maribel y su hija, la gente empezó a sospechar que el cura tenía razón.

La cosa es que hasta el día de hoy se sigue atendiendo en la casa dónde el mural está a nombre de Oxambé, pero ya casi nadie va, y la leyenda de la escuchadora es parte del pueblo que todos cuentan como un hecho real, que vivieron, pero sobre todo que dicen los más viejos que realmente la habían visto sentada bajo el árbol central y más antiguo de la plaza.

FIN

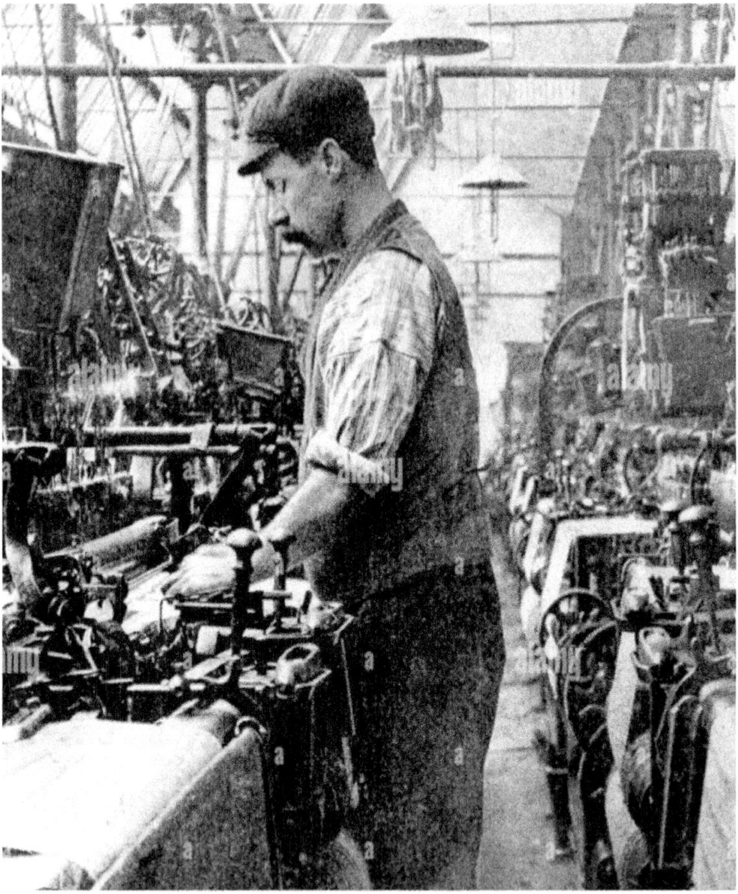

LA FÁBRICA

Como todos los días Juan pegaba un salto de la cama apenas el despertador sonaba, 5. 45 a. m., eso indicaba la pequeña pantalla de la radio-despertador, lo único diferente era la música que comenzaba a sonar una vez se encendía, se ponía el mameluco en menos de un segundo y en otro ya estaba en el baño, lavándose la cara y los dientes, luego, simplemente salía y se iba, como todos los días desde hacía catorce años, a la fábrica.

Juan, no sabía si su mujer, Florencia también se había despertado, ya no se preocupaba, ni la miraba ni la saludaba. No era culpa de él que todo ahora fuera así, que todo se estuviera yendo al carajo, él sabía, porque lo había descubierto, lo había notado, que ella si se despertaba, pero se hacía la dormida, cuando comenzaron a vivir juntos se levantaba incluso antes y mientras él se lavaba la cara y los dientes ella le aprontaba el desayuno y lo acompañaba hasta la puerta despidiéndolo y deseándole un buen día y ahora se hacía la dormida y deseaba que se fuera de una vez, así que Juan se iba sin más y desayunaba en el bar que le queda de camino y está abierto a esa hora, bar llamado *"No name",* el bar en un principio se llamaba "Estrella", así le había puesto Roberto en homenaje a su señora, pero, cuando se divorció borró ese nombre, y cuando por única vez entró, aun no se sabe porque, ni tampoco de donde salió y muchos dudan que sea verdad, un inglés y preguntó por el nombre del bar para anotarlo en su libreta de viajes, Roberto no supo que contestarle, así que decidió anotarlo como el bar *"No name"* y así le quedó.

Juan, estaba cansado, de todo, no le encontraba sentido a nada, no hallaba una causa por la cual seguir viviendo y luchando, se iba a la fábrica lo más temprano posible y volvía lo más tarde que podía. Varias veces pensó en pedirle el divorcio a Florencia, varias veces lo planeó, incluso practicó el cómo decírselo, pero nunca se animó, hasta anoche, en que pasó algo que no esperaba, Florencia, le declaró su voluntad de ya no querer estar con él, le pidió que se buscara un lugar, que no volviera, que ya no lo amaba, entonces ahora Juan se siente confundido porque no sabe que hacer ni tampoco que pensar, ¿me estará engañando? ¿estará con otro? ¿Qué va a hacer cuando me vaya, como va a pagar las cuentas y todo? ¿debo irme yo de mi propia casa? Juan hoy se fue sin dormir, toda la noche le estuvo dando vueltas a estas preguntas, pero al final, ¿no era esto lo que quería?

¿lo que estaba deseando hacer y no se animaba?, era esta la oportunidad de liberarse, de comenzar una nueva vida y no podía dejar escapar esta oportunidad, no debía preocuparse se decía, sino festejar, así que llegó al bar y en vez del diario café con leche y medialuna pidió dos chupitos, uno para él y otro para Roberto, el hombre tras la barra, el que servía y dueño del bar y le pidió brindar, brindar por su nueva vida y su libertad.

Roberto era un buen hombre, estaba acostumbrado a escuchar las más tristes y diversas historias, era como un psicólogo y Juan uno de sus mejores pacientes, Roberto llenó los pequeños vasos nuevamente y levantándolo bien alto sugirió brindar nuevamente, luego, acercó su cara a la de su amigo, inundándolo con el aroma a alcohol y le dijo: "Debes aprovechar esta oportunidad que la vida te da, cambiar todo, dejar atrás tu pobre y misero pasado y convertirte en un hombre nuevo… y yo tengo la solución para ti… (sirviendo los vasos nuevamente) te lo diré, deja ya esa maldita casa y esa maldita fabrica, yo te puedo brindar alojamiento y trabajo aquí (señalando el bar todo) tu ya sabes, me estoy volviendo viejo, ya casi no descanso, antes podía estar las 24 hs sirviendo copas sin problema, pero ya mi cuerpo me pide un descanso, ¿Qué me dices?, te daré alojamiento como parte del sueldo y sobre todo, te daré la posibilidad de que transformes tu vida de mierda en otra cosa"…

A Juan lo tomó por sorpresa todo lo escuchado, pero le agradaba, hace un rato tenía más ganas de suicidarse que de seguir viviendo, así que, ¿Qué iba a perder?, ¿un trabajo de mierda que hacía por necesidad y no porque le gustara?, ¿una mujer que ni siquiera lo miraba?, así que se sacó el mameluco, lo tiró al piso y saltó sobre él pisándolo varias veces. Extendió la mano sobre la barra estrechando la de Roberto en un acuerdo entre caballeros y amigos.

Juan vivió ese uno de sus mejores días, no recordaba sentirse tan bien, su nueva vida lo excitaba, se presentó en la fábrica con el semblante erguido, entusiasta, nunca lo habían visto así, y apenas entrar gritó bien fuerte a su patrón que se podía ir al carajo y luego hizo lo mismo en su casa con su mujer mientras guardaba alguna de sus ropas para llevarse. Luego fue al bar y festejó y sirvió los vasos y trabajó con un renovado entusiasmo que hacía mucho tiempo no sentía, las fuerzas le habían vuelto, con su nuevo uniforme, un simple delantal negro con el nombre del bar pintado en letras blancas, Juan no paró de contarle a todos lo que había decidido hacer con su vida, insistiendo y aconsejando a los demás a que hicieran lo mismo, nadie podía creer que ese fuera el mismo Juan que habían conocido hasta entonces. El bar se llenó de gente ese día, todos querían escuchar de propia voz de Juan lo que había hecho, lo que hablaba sobre el morir y nacer de nuevo, pero estando vivo, en el ahora, era difícil de creer, sobre todo por aquellos que conocían el carácter sumiso y tranquilo de Juan. Roberto se sentía satisfecho y feliz por su decisión, el bar ese día recaudó más que en todo el resto del mes. A mitad de la tarde Florencia se hizo presente, se sentó en una de las mesas vacías, todas las miradas se dirigían a ella, incluso algunas vecinas con sus hijos al enterarse llegaron corriendo y haciendo víscera con las manos miraban desde afuera por los ventanales mientras sus maridos adentro tomaban algo, Juan se acercó y la atendió como a cualquier otro, como si fuera la primera vez que veía a esa persona, un silencio sepulcral se escuchó en ese momento, Florencia le pidió un café con leche, cargadito y con sacarina que Juan anotó en su libretita de bolsillo, todos los ojos se dirigían a ellos, todos esperaban un escándalo, una pelea o por lo menos una discusión, algunos reproches, pero no, solo se notó que Juan cambió su humor, se puso serio, como antes, ocultó su sonrisa que lo había acompañado todo el tiempo hasta entonces. Un rato después Florencia pidió la cuenta, llamándolo por la palabra mozo y no por su nombre, Juan sacó cuentas y entre dientes le cantó un número, Florencia abrió el pequeño monedero, sacó unas monedas que puso en el platillo y tiró otras sobre la mesa a modo de propina. Juan y Florencia hacía cinco años que vivían juntos, no se habían casado, esa fue la penúltima vez que se la vio por el bar, más tarde ese mismo día fue a llevarle las llaves de la casa, explicando que se iba con su madre, pero Juan no le creyó, sabía que eran mentiras, ya que siempre la escuchaba decir que su madre era mala y ruin y que prefería morirse antes de volver a vivir con ella, así que cuando terminó su jornada de trabajo trató de averiguar para donde iba y con quien, a todos los que habían ido al bar le preguntaba, nadie sabía nada, pero Juan se daba cuenta que si sabían pero no querían decirle, a nadie parecía importarle mucho la vida de Florencia ni lo que hiciera, él no se conformó con no saber y fue a hablar con las vecinas, que todo lo saben y así fue como una le dijo que un tipo de traje y corbata en un auto cero la estaba esperando, otra que subió su ropa en un taxi y simplemente se fue, otra que una anciana la ayudaba y por ultimo alguien también le dijo que un hombre mucho más joven que ella y que él la acompañaba.

Así que Juan quedó con más dudas que antes, sin saber para donde y con quien se fue, sin saber si lo hizo porque estaba deprimida por haberla dejado o lo contrario. Juan no podía ahora dejar de pensar en ello.

Al otro día, juntó su ropa nuevamente y volvió a su casa. Le costó entrar, un silencio enorme lo esperaba y aparte era donde había vivido su ex, la loca que lo dejó por un hombre más joven y con dinero, porque después de analizar los cuentos de las vecinas había decidido que esto es lo que había pasado. Se sentía engañado, se habían reído de él, no podía dejar de pensar en ello, *¿Quién sabe desde cuando se ve con ese?, debe estar ahora disfrutando de la vida, de su libertad…* y en el bar todo fue a peor, tres días trabajando una cantidad de horas por nada, Roberto le había prometido que la propina diaria que agarraría sería mayor que lo que ganaba en un día de trabajo en la fábrica, pero era mentira y también de a poco todos se fueron metiendo mas y mas en el tema de él y Florencia, se armaban discusiones, todos sabían que decirle sobre lo que debía hacer y pensar, todos criticaban a la mujer que lo engañó, que lo dejó, que se fue con otro y lo trataban de estúpido por no haberse dado cuenta antes, así que ya tampoco aguantó más, ni a las mentiras de Roberto sobre su sueldo ni a los que iban a tomar y reírse de él e insultarlo e insultar a Florencia sin saber cómo eran las cosas realmente. ¿Y si era culpa de él? ¿y si Florencia no fue más que una pobre víctima de su desamor e incomprensión? ¿y si tenía razón en irse y abandonarlo?

Teniendo estos pensamientos fue como decidió ir a buscarla, a la casa de su madre y pedirle perdón, pero antes pasaría por la fábrica y pediría trabajo nuevamente, explicaría todo lo que le pasó y seguro que entenderían, pero no fue así, cuando llegó a la oficina ya le tenían preparado el cheque con el despido, a pesar de las veces que imploró, que se rebajó, incluso lloró y se arrodilló pidiendo, pero como en el bar, todos se rieron de él, resignado tomó el cheque, lo cobró y se fue a buscar a su ex mujer, la única que lo entendería, la única que lo escucharía.

Compró unos dulces y se presentó en la casa de la ex suegra, quien en un principio no lo reconoció y después se sorprendió mucho de que fuera él el esposo de su hija. Era evidente que Florencia no estaba ahí, ni tenía la más mínima idea sobre ella, ya no recordaba cuando fue la última vez que su hija la llamó por teléfono para saber sobre su maltrecha salud, Juan estuvo un rato sentado, sintiendo pena y luego se fue. Por algún motivo pensó que lo mejor era ir a dormir, a pensar, y así hizo, llegó a su casa y se acostó, mirando el techo, pensando.

El timbre del teléfono lo despertó un rato después, le costó despertarse, estiró su mano tanteando sobre la mesa de luz y tomó el móvil, miró quien era y luego atendió, era el editor de la revista "*PIEL DE LETRAS*" para comunicarle que su cuento "la fábrica" había sido seleccionado para editarlo en el próximo número, agradeció, cortó y siguió durmiendo, mañana en la madrugada sonaría el despertador y tendría que ir a trabajar.

63

CRISTIAN

Cristian, es un chico sumamente extrovertido, se queda mirando siempre un punto fijo, da un poco de miedo, casi no pestañea, su mirada parece perdida, uno se pregunta ¿Qué es lo que mira? ¿estará escuchando lo que uno le dice?, tiene veinte años, se define como un artista, dibuja y pinta, hace arte abstracto, debo ser sincero y decir que gracias a él descubrí una rama del arte desconocida por mí hasta ese entonces, llamada esquizofrenia art, así define él sus confusas pinturas, es un tipo de arte subterráneo, oscuro, su grupo de amigos no son de donde es él, sino de diferentes países sobre todo de Inglaterra y no de San Marcos, Tenerife donde vive con sus padres, a todos los conoce solamente por la computadora. El único momento en el que sale de su cuarto es para ir al instituto, solo allí ve un poco de sol, un poco del maldito y estúpido mundo que lo rodea, va porque sus padres lo obligan, es una pérdida de tiempo, nada de lo que hace se lo enseñaron allí, ni nada de lo que hará en su vida tampoco, nació con un don, el arte y nada más le interesa. Su mirada, fija, se pierde, ¿será que escarba en sus recuerdos, en sus traumas, en sus fantasmas, o será una táctica como la que utilizan los budistas de mirar un punto fijo para concentrarse, para no distraerse?, la verdad es que no lo sé, no tengo ni idea, tampoco habla mucho, solo lo justo y nunca dice nada sobre sí mismo. El día que vino a la clínica, contra su voluntad, acompañado de su madre, llevaba puesto un polo negro con tachuelas que a veces brillaban según le diera la luz o no, una chaqueta y pantalones de cuero, botas, altas y acordonadas, todo de color negro, sus ojos claros con el contorno pintado también de negro resaltaban notablemente, siempre estaban mirándome fijamente, eran hermosos y terroríficos a la vez. Seguro se estará preguntando porque este gilipollas se cree superior a mí, que lo hace creer que puede hacerme hacer algo que yo no quiero, cambiarme, ¿Por qué este imbécil no se preocupa en solucionar sus problemas, que seguro deben ser varios, en vez de querer joderme a mí y meterse en los míos? No lo sé, quizás no esté pensando en nada de todo eso, quizás solo esté pensando en sus cosas, en su mundo, en su computadora, en sus amigos cibernéticos, o quien sabe qué. Su madre, de unos cuarenta y pocos años, delgada, lleva un vestido de flores con muchos colores, unas botas rosadas que la hacen parecer más alta, su pelo es rubio, claro, teñido, su cara perfecta sin una arruga ni nada, la nariz chiquita y los labios rojos, brillantes, ojos claros, cubiertos por unas largas pestañas casi tan largas como sus uñas, se podría decir que es lo opuesto a su hijo, incluso también en la forma de desenvolverse ante los demás, al entrar se adelantó extendiéndome su delicada mano para estrechármela, pronunció su nombre, Carolina García, esbozando una sonrisa dejando ver el brillo de sus dientes. Yo me presenté de la misma manera pidiéndoles que se sentaran en el sillón frente a mí. Cristian me miraba, fijamente, sin decir nada, solo la madre hablaba, había venido decidida a contarme todas las cosas que hacía mal su hijo, que ahora la miraba fijamente a ella, la interrumpí preguntándole porque su marido no había venido como le pedí, entonces toda su expresión cambió, su cuerpo tomó otra posición acomodándose en el sillón nuevamente, cruzó las piernas y al rato contestó:

— Él no cree en los psicólogos, ¿sabe?, no está muy de acuerdo con traer a Cristian acá, en realidad hace tiempo que quiero hacer esto pero él siempre se opuso, no es que no sea buen padre, buen marido, es solo que algunas cosas él no las entiende, prefiere no gastar dinero en esto y utilizar otras medidas para corregirlo, medidas que siempre se han utilizado para sacar estas mañas y pereza en los jóvenes, que hay que educarlo y todo eso, usted sabe, él es un poco anticuado, no entiende que le pasa a su hijo…

— No se preocupe —respondí, viendo su incomodidad al hablar de su marido, pero no era ella mi paciente, sino Cristian, así que le pedí que espere afuera, de cualquier manera, esa mujer se miente al hablar de su marido y por consecuencia todo lo que me diga tiene poca importancia, ya que es difícil creerle, prefería esperar a Cristian se abriera y me lo fuera contando todo sobre su padre, aunque yo algunas cosas ya las sabía o las intuía, sin duda que era un hombre exitoso, había construido una vida rica para él y su familia materialmente, su existencia la había dedicado, como tantos otros, a eso, a lo material y físico, olvidándose de lo más importante. Cristian, podía tener todo lo que quisiera con solo pedirlo, siempre y cuando fueran cosas materiales y no amor, cariño, comprensión o cosas así. Eso parecía satisfacer a su mujer, pero no a Cristian. Eso quizás fuera lo que buscaba sin encontrar al mirar fijamente la nada, cuando escarbaba en su interior buscando en vano chispas de amor jamás recibido y se asusta, porque solo halla gritos maltratos y la voz fuerte y machona de su padre, la incomprensión de su madre y la del mundo entero reflejado en ellos. Lo primero que hice al quedarnos a solas fue esperar que me hiciera algún comentario sobre lo que acababa de decir su madre, pero no fue así, solo me miraba fijamente, intimidaba un poco.

— Bueno Cristian, veo que te gusta vestirte de negro, ¿te gusta la ropa de ese color o perteneces a algún grupo de estos modernos que se visten así?

Desvió su mirada un segundo, pensando y luego volvió a clavar sus ojos en mí. «No pertenezco a ningún grupo, no me gustan los grupos» dijo y luego quedó esperando otra pregunta o un comentario. Poca cosa más hablamos ese primer día, en la segunda sesión vino con un corte en su brazo izquierdo, un corte intencional hecho por él mismo, cada vez que le preguntaba me quedaba mirando fijo y no decía nada, en la tercera le hice preguntas más íntimas, sobre novias, masturbación, sexualidad, relaciones, le costaba abrirse, pero de a poco fue descubriéndose, parecía desconfiar de mí también, habían largos silencios y mirada penetrante. Lo de la mirada no era solo conmigo, él era así siempre, con todos y con todo. Pero en la cuarta sesión todo cambió, ese día no vino con su madre, vino con otro chico. Me lo presentó, por primera vez vi a Cristian hablar con un poco de entusiasmo, «él es Carlos, hace dos años que hablamos y cuando salí de aquí la semana pasada, quedamos y nos conocimos» Carlos me dio un suave abrazo saludándome, tenía unas largas uñas postizas, color verde agua, vestía un top del mismo color que le hacía juego, una chaqueta rosada y un calzado del mismo color con una suela muy alta, su pelo estaba teñido de amarillo claro, tenía poco, estaba cerca de ser pelado, unos aretes con piedritas de colores de distintos tonos azulados, ojos claros, pintados y anchos labios retocados con estética, hablaba el idioma inclusivo y todo frase la terminaba siempre con la letra e, «es usted muy guape» dijo «Es usted un amore» etc. etc. desde que nació sabía lo que quería ser, enfermere, es su vocación y es lo que hace, también tiene un canal de YouTube con una cantidad de seguidores, contó orgullosamente. Cristian habló: Lo primero que me dijo fue darme las gracias por ayudarlo a descubrir la verdad dentro de él, después comentó que esa era la última vez que vendría. Debo hacer una aclaración, si bien la expresión de Cristian había cambiado algo, su mirada seguía igual, fija, perdida, pero se notaba ahora una chispa de vida que antes no había. También debo aclarar que el caso de Cristian es uno de los casos que más me ha enseñado en mi carrera como psicólogo. Y lo siguiente que dijo fue que ya no vivía en la casa de sus padres lógicamente, sino en la casa de Carlos, su pareja.

—Mi padre casi se muere cuando le presenté a Carlos, mi madre hizo comidas y cosas esperando una novia y cuando lo vieron a él casi se mueren. (Cristian parecía disfrutar al contar esto). Para ellos tener un hijo homosexual es algo inaceptable. Por primera vez me siento feliz, encontré mi identidad e inmediatamente el amor, ya no necesito nada más. —Dijo despidiéndose, acariciando la mano de Carlos. Cristian superó el miedo, enfrentó a sus padres y ahora tiene un motivo para seguir adelante en la vida, le dio sentido y por todo ello, por primera vez, descubrió la felicidad.

Su padre me llamó por teléfono unos minutos después, insultándome, me echó las culpas a mí de la condición de su hijo y de haberlo llevado por ese camino, me prometió nunca venir a pagarme las sesiones y otras amenazas, que la verdad, me gustó escuchar que alguien así me viera como su enemigo y a pesar que creo que no hice mucho por Cristian, sino que todo lo hizo él al auto descubrirse y ser tan valiente, sentí que había hecho bien.

AGUSTÍN

Estaba por fin en el baño, sentado haciendo sus necesidades, ese era su mejor momento, se ponía los auriculares y metía la música a todo volumen, sobre todo ópera, mientras escucha no puede pensar, el volumen al máximo, ir al baño es como un alivio, sentir esa liviandad en el estómago, en el cuerpo y sobre todo apagar la maldita mente, todo el día traca traca, los malditos pensamientos, sin parar, sin descansar, lo estaba volviendo loco, no descansaba, a sus cuarenta y dos años parecía de ochenta, su mente, él mismo, se estaba matando, todo era negativo, nada valía la pena, nada tenía sentido, todo era una porquería, sobre todo la mente, excepto cuando iba al baño y se enchufaba la música a todo volumen, más alta que sus propios pensamientos. Tiró la cisterna, cuando era pequeño le tenía mucho miedo, tiraba la cadena y salía corriendo, nunca supo porque, nunca se lo contó a nadie, le parecía muy estúpido y raro, ahora ya con su música ni la escucha, la apagó y se lavó las manos y luego la cara, como le enseñó su padre, violentamente tirando agua bien fría sobre ella, haciendo ruido, como si uno estuviera ahogándose, el espejo refleja una imagen de alguien que parece no fuera él, se desconoce, se insulta, siempre lo hace, es un tonto al cual han engañado, odia esa imagen reflejada en el espejo, odia en todo lo que se ha convertido, en un inservible; por encima del espejo se halla la ventana, como si fuera un respiradero, una claraboya, pero con forma de ventanita y más allá el mundo exterior. Se acuerda de sus sueños, de sus alucinaciones, cuando su cuerpo comenzaba a flotar y se escurría por la ventana saliendo a través de ella. En sus sueños su cuerpo flota, vuela y se traslada de esa forma, en sus alucinaciones las arañas caminaban por su espalda, salían de su boca u otros orificios de su cuerpo, antes, tenía normas consigo mismo, que respetaba y cumplía, normas que de a poco fue dejando atrás cuando ya no pudo dejar de consumir ni de esconderse, ya no le importa nada, si alguien está viéndolo o no, si tiene que comprar o solamente ser invitado para consumir. Se metió en ese mundo para olvidar, para apagar sus recuerdos y pensamientos y ahora ya no puede dejarlo a pesar del dolor que siente al verse y sentirse así. Ya no le tiene miedo a la cisterna, ni siquiera le importa, ahora tiene miedo a seguir así eternamente, con las arañas comiéndole el cuerpo, caminando por adentro de él, consumiéndolo, como la cocaína. Afuera, se escuchan ruidos, cada vez más fuertes, ruidos a golpes de hierros contra hierros, seguramente alguien se quedó encerrado en el ascensor y pide ayuda golpeando la puerta, debe estar agonizando, piensa, por lo fuerte e insistente de los golpes, estará seguramente ya sin aire, asfixiándose. Sale del baño y se para frente a la puerta de entrada de la casa, pensando, algo debe hacer, no puede dejar que alguien muera así nomás, mira por el ojo de la puerta y no ve nada, gira suavemente la llave y abre, un poquito, se asoma y mira, los golpes cesaron y no se ve a nadie, se decide y sale, el corredor, las escaleras y el ascensor se le hacen visibles. Hace meses que no sale, ya no recuerda cómo es aquel lugar.

Así fue como Agustín salió de su casa ese día, su madre, Rebeca le planteó la posibilidad de irse a vivir a un lugar tranquilo, frente al mar, en otra ciudad y su yerno, quien era militar como lo había sido él lo llevó y ahí se quedó, sin animarse a salir, hasta hoy, diariamente lo visitaba una joven vestida de blanco que le daba los medicamentos, también un joven, peludo y descuidado que le servía la comida y otro, de mejor aspecto que se sentaba a hablar y escucharlo. Agustín había sido un importante militar en tiempos de dictadura, un ex soldado, parte del ejercito que invadió otro país, Agustín mira sus brazos y se los cubre bajando las mangas de la camisa, se los corta, da igual donde esté, con quien o lo que haga, nunca podrá olvidar la sangre en sus manos de aquellos supuestos enemigos que nunca ni siquiera conoció, padres y madres, hijos y abuelos y nietos, ni tampoco olvidará jamás los ojos y la mirada de aquella niña tirada en el piso queriendo pedir ayuda mientras se desangraba por un tiro que no sabía de quien había venido, a veces dudaba si no había sido él y buscaba la forma de convencerse que no. Sus medallas las colgó por toda la casa, así como su uniforme para que todo el que entrara los viera y supiera quien era él. Cuando estaba frente a otros se mostraba como alguien importante, se olvidaba de su sufrimiento interno y se ponía firme como un buen soldado.

Los golpes comenzaron a escucharse nuevamente, golpes de hierro contra hierro, cada vez más fuerte, Agustín se asustó pero no entró a la casa, se quedó al lado de la puerta y esperó, los golpes eran cada vez más fuerte, venían de las escaleras, se aproximaban, una mujer con la cara tapada por el pelo tirado hacia adelante, vestida de blanco golpeaba dos hierros y subía la escalera de piso en piso, cuando estuvo frente a Agustín se detuvo unos segundos y luego siguió, no hablaba, hacía como un chasquido extraño, se alejó siguiendo las escaleras. Agustín caminó por el corredor, todas las puertas eran iguales a la suya, pero con otros números, 404, 403, 402. Siguió caminando, decidió bajar para evitar a la loca que golpeaba los hierros, bajo lentamente, las escaleras eran muy anchas, llegó al piso tres, un hombre con la nariz pegada en la puerta del ascensor susurraba «sube sube sube» mientras apretaba el botón constantemente, Agustín se acercó suavemente, en la parte de arriba de la puerta había un cartel rojo con letras blancas que decía CLAUSURADO, Agustín lo tocó y le dijo, el hombre no se enteró, lo sacudió más fuerte y tampoco, tiró de él diciéndole que le convenia tomar las escaleras y el hombre empezó a gritar, ambos cayeron al piso, forcejearon hasta que el otro se levantó y se puso en la misma posición de antes, con la nariz pegada a la puerta susurrando «sube sube sube» sin dejar de apretar el botón constantemente, Agustín lo miró y sacudiendo la cabeza decidió dejarlo, se levantó y continuó por el corredor, otra vez las puertas, 304, 303, 302, llegó a las escaleras y comenzó a bajar un piso más. Todo parecía más tranquilo, en el corredor frente al 204 una mujer en bikini tirada en una silla playera bajo una sombrilla parecía estar tomando sol, Agustín se arrimó despacio a ella, por detrás, evitando que lo escuchara llegar, la observó, su cara estaba cubierta de crema, de filtro solar seguramente, era delgada, pero bonita, le iba a hablar cuando los golpes de hierros comenzaron a sonar muy cerca de él, asustándolo, se puso contra la pared y la mujer del pelo sobre la cara golpeando más fuerte los hierros siguió su camino hacia las escaleras, bajando, «buenas tardes» le dijo la joven playera, Agustín la saludó y la observó de arriba abajo, a pesar de la flacura y la abundante crema era bonita, «que calor he», «si, mucho calor» respondió Agustín, «¿no trajiste tu silla?», «no», «bueno, sentate acá conmigo», Agustín abrazándola se sentó casi encima de ella, la silla cedió y ambos cayeron al piso, la mujer reía y lo abrazaba cuando los gritos de Rebeca, su madre, se hicieron oír advirtiéndole, la mujer le contestaba también gritándole e insultándola y Rebeca respondía más fuerte, la cabeza de Agustín parecía iba a explotar, se apretaba los oídos con fuerza con sus manos, quería no escuchar pero era imposible, las dos mujeres se gritaban una al lado de él y la otra desde dos pisos más arriba. Se arrastró hasta la escalera y rodó por ella bajando hasta el primer piso, el hombre con la cara pegada al ascensor estaba ahora en ese piso, susurrando, apretando el botón, también estaba el cartel de CLAUSURADO y la mujer de los golpes estaba allí, en un rincón golpeando los hierros constantemente, Agustín apretó su cabeza más fuerte con sus manos, tratando de no escuchar, de no ver, caminó como pudo por el corredor y al llegar frente a la puerta 102 lo vio, se dio cuenta, por la puerta entreabierta dos ojos lo observaban, se hizo el distraído pero intuía lo que pasaba, un enemigo, un japones del ejército esperaba tenerlo cerca para dispararle, así que hizo un movimiento inesperado, rápido y se escondió, sacó su revólver y apuntó al 102 con él, sin que el otro lo viera y escuchó, se paró frente a la puerta y le pegó una patada, la puerta cedió, entró, apuntando, sigilosamente, pateó todas las puertas que estaban cerradas, revisó los muebles, debajo de la mesa, de las camas, en los roperos, el japones había huido, él también tenía medallas y su uniforme puesto como lo tenía Agustín en su casa, juntó todo y lo tiró a la basura, escupiendo sobre ellos, cuidando su espalda salió, bajó el último piso y ya estaba en planta baja, pronto para salir, pero no era tan fácil, alguien vigilaba la puerta, entonces a Agustín se le ocurrió una idea maravillosa, subió corriendo hasta el segundo piso y le pidió a la mujer del bikini que entretuviera al guardia y él lo atacaría por la espalda, la mujer bajó con Agustín, abrazó al guardia y Agustín se fue arrimando sin que se diera cuenta y cuando lo tuvo cerca se le tiró encima quitándole las llaves, le pegó una patada y quedó semi desmayado, probó la llave y abrió, salió, el edificio estaba casi pegado al mar, una angosta calle los separaba, Agustín comenzó a caminar por ella hasta encontrarse con Rebeca, la reconoció y corrió hasta estar a su lado, le explicó lo de la mujer playera y el japones y lo demás, Rebeca le seguía la corriente, lo abrazó y lo puso de frente al edificio caminando nuevamente hacia él, subieron las escaleras, Rebeca le hablaba suave y calmándolo le mostraba como todo eso que contaba en realidad era producto de su imaginación, todas las puertas estaban cerradas y todo parecía muy tranquilo. Agustín no entendía, no se entendía y eso lo atormentaba más aun, Rebeca todos los días cuando salía del trabajo visitaba a su hijo en el hospital psiquiátrico con la esperanza de algún día encontrarlo tal como era antes.

"MARGOT STILE"

Margarita no conseguía novio, por lo menos no que estuvieran a su altura, tenía muy claro lo que buscaba, lo que quería. Apenas había pasado los veinte años, era delgada, pelo rubio con reflejos azules, ojos claros, nariz chiquita y labios gruesos, medía un metro sesenta y seis, siempre reía, era alegre e inteligente, algo difícil de encontrar en otra persona, que alguien que ríe mucho pueda ser también inteligente, tanto era así que mandó al carajo el ser empleada de una tienda para tener su propio negocio, la tienda era famosa en la ciudad, todos compraban allí sus ropas o las de sus hijos, Margarita iba en camino a ser encargada de la sección para niños de la sucursal donde hacía tres años trabajaba, pero ella tenía otras aspiraciones, como por ejemplo no tener que estar obedeciendo órdenes siempre, hacer dinero para ella y no para otro, así que pensó muy bien que era lo que más deseaba, lo que más soñaba para su vida y empezó a dedicarle tiempo, de a poco, pero a diario y largamente los fin de semanas, comenzó a armar su imperio. Se puso un nombre artístico "Margot Stile", el mismo nombre que le puso a su tienda online luego de entrar en un consorcio con la casa donde trabajaba. "Margot Stile" fue ganando fama, sobre todo entre las jóvenes que deseaban vestirse como ella, a la última moda, Margarita es ahora Youtuber, al principio lo hacía por diversión, en sus ratos libres, pero al renunciar al trabajo le dedicó todo su tiempo a ello, teniendo actualmente seguidores que esperan impacientes sus videos, videos dedicados a denunciar una cantidad de derechos que ella cree que la mujer debe tener y no tiene, así como los trabajadores, la colectividad LGTB, a quien le dedica un espacio especial con ropa y artículos de maquillaje exclusivos para ellos, que pueden adquirir con solo mandarle un mensaje y el dinero por alguna de las plataformas digitales que maneja para ello, pero Margarita habla mucho también sobre ella y sobre cómo debería ser su futura pareja, la cual tendrá que estar orgulloso de estar a su lado, sentirse afortunado, verla como una reina, admirarla, ponerla por encima del resto del mundo, más importante que cualquier otra cosa o persona y por supuesto ser fiel al cien por cien. Margot busca enamorarse, hallar ese amor que como dice siempre todos tenemos en algún lugar del mundo y que el destino se encargará de cruzarlo en nuestro camino. Casi todos los comentarios que recibe son machistas y por lo general la tratan de fea y tonta o de envidia recibidos por otras chicas que son sumisas a sus parejas y no se valoran. Margarita es una libre pensadora, crítica y habla sobre política, educación, religión, etc., es una soñadora que cree en el amor puro, pero también es una luchadora inteligente que ha logrado salir de ser una simple empleada para poder tener su propio trabajo, el cual sigue creciendo, perfeccionando. Al principio fue señalada como egocéntrica y orgullosa, pero de a poco todos fueron entendiendo que tiene razón y que es normal que quien dice que te ama te vea como lo más grande y hermoso del mundo. "Margot Stile" día a día aparece en YouTube con una vestimenta distinta, la cual muestra y vende, todas las chicas la ven porque se quieren vestir igual y todos los chicos porque a pesar de lo que después digan la ven hermosa y la admiran, casi tanto como ella a sí mismo. Tiene un comercial de su página y de su canal de YouTube, un video en el cual se la ve a ella con dos trenzas que bajan hasta los hombros, ojos y labios pintados, blusa rosada y chaqueta azul piedra, una minifalda a cuadros con múltiples tablas, unas medias rosadas con casi imperceptibles dibujos que le llegan hasta casi las rodillas y zapatos de suela alta de color azul claro, en su hombro derecho carga una enorme roca, sube una empinada montaña con ella, encorvada, haciendo fuerza y pelea con la roca y con ella misma hasta llegar a la cima, cuando llega la deja caer y esta rueda montaña abajo, Margarita desciende, se la pone al hombro nuevamente con dificultad y comienza a subir nuevamente. De fondo se la escucha decir que así es la vida misma, que emula con ese video el mito de Sísifo quien nos enseña que no hay que vivir la vida para hacer solamente aquello que se nos ha dicho, casarnos, tener hijos, trabajar y poca cosa más, hay que dejar huellas, marcas en el paso por esta existencia y para ello hay que ser revolucionario, distinto. Margot hace lo posible por vivir de su nuevo trabajo, online, y entonces comienza a estudiar ese nuevo mundo, el mundo del YouTube y descubre que quienes tienen millones de seguidores lo que hacen es mentir, están también los que viajan, los que regalan dinero o autos de marcas caras, pero ninguna de esas dos cosas puede hacer ella, así que empieza a estudiar a los otros, que venden y prometen formas, maneras diferentes de ganar dinero sin hacer casi que nada, son vendedores, de ilusiones sobre todo, lo mismo que hace un casino o los juegos del azar, y te venden cursos de esto o aquello otro, sobre todo para que puedas hacer dinero, y Margarita piensa, se confunde y no sabe cómo seguir adelante, no sabe mentir, no sabe prometer cosas que los demás nunca lograrán, pero tampoco quiere volver a su trabajo de mierda en la tienda y decide seguir adelante con lo que estaba haciendo, videos de YouTube y venta de ropa por su tienda online, pero sabe que cuando se terminen sus ahorros no podrá vivir de eso y entonces tendrá que volver con sus padres y perderá su libertad, será menos libre que antes incluso que cuando era esclava. Margot sigue pensando y pensando, se acuerda de Roberto y aparece en sus pensamientos, lo conoció en una plataforma de búsqueda de parejas, no le gustó físicamente pero se hizo amiga de él, la acompañó muchas noches por chat, se vieron algunas veces cuando él la invitaba a cenar, ella aceptó porque siempre la invitaba a lugares exclusivos y caros, lugares a los que nunca había ido, Roberto es once años mayor que ella, arquitecto, no es desagradable, pero no le gusta mucho, no sintió que él la fuera a tratar como ella creía que se merecía, tanto así que le respondió que no, que no quería tener una relación con él, que no quería irse a vivir con él. Pero ahora todo cambió, Roberto es una opción mejor que volver a trabajar a la tienda o que tener que ir a decirle a sus padres que fracasó y necesita volver para vivir con ellos nuevamente y dormir en el sofá del living, con Roberto podrá seguir con su nuevo trabajo, sin importar demasiado si da mucho o no, así que decide llamarlo, citarlo, contarle su nuevo proyecto y ver si la apoya. Margot sabe que muy poco tiene que hacer para seducirlo, para hacerlo caer a sus pies nuevamente y como Sísifo, sin saberlo aún, tendrá que subir la montaña eternamente, cargando la pesada roca de su vida, porque al final, renunciar a la libertad que alguna vez tuvo como ideal, fingir cada vez que encienda la cámara, al amor verdadero y puro, hará de su existencia una desgracia como la de tantas y tantos. Aceptar las promesas del ego la mantendrá en un círculo vicioso que la llevará de ningún lugar a ningún sitio. Ella lo sabe, lo intuye, porque ya estuvo en ese circulo que la llevó a preguntarse ¿para qué?, ¿para qué el esfuerzo?, ¿para qué la búsqueda?, ¿para qué tanta información?, ¿para qué la angustia, la desolación?, y cuando se pregunte ¿para qué he existido yo? Su ego le responderá mientras se ve en su canal de youtube hablándole a todos, compartiendo su adicción, buscando la aprobación ajena, para que piensen que es un ser especial.

INDICE:

LA ESCUCHADORA 5

LA FÁBRICA...41

CRISTIAN...61

AGUSTÍN 75

"MARGOT STILE"....................................91

Printed in Great Britain
by Amazon